CAMPAGNE

DE MIL HUIT CENT CINQ,

CONTENANT les faits mémorables de la prise de
Vienne et de la bataille d'Austerlitz.

POÈME DÉDIÉ A S. A. S. Mgr. LE PRINCE MURAT.

Par AUGUSTIN DAUPHIN (*de Niort*).

> Qui pourrait dans sa course arrêter ce torrent!
> Achille va combattre et triomphe en courant.

A PARIS,

Chez M. J. HÉNÉE, impr.-libr. au bas du pont St.-Michel, n°. 3.

A NIORT,

Chez Mme. AURILLAC, libraire, rue de l'ancienne Halle.

AN M. DCCC. VI.

A SON ALTESSE SÉRÉNISSIME

MGR. LE PRINCE MURAT;

Grand-Officier de la Légion d'honneur, Grand-Amiral, Maréchal de l'Empire, Gouverneur de Paris, et Général en chef de la Grande-Armée.

Daignez accepter le faible hommage que je rends à vos brillans succès et à vos vertus. Encélébrant vos augustes exploits et ceux de vos braves soldats, mon faible talent n'a point consulté ses forces; mon cœur seul m'a entraîné. Pardonnez si mes premiers essais ont osé entreprendre un sujet réservé à la lyre du Sophocle de nos jours. Dans ces vers, que l'amour de la patrie et que vos brillantes conquêtes m'ont fait tracer, ne cherchez point le talent du poète éclairé, et ne voyez que l'intention qui les a dictés.

Je suis,

Monseigneur,

 avec le plus profond respect,

de votre Altesse Sérénissime,

 le très-humble serviteur,

Dauphin, fils

ÉPITRE DÉDICATOIRE.

Seigneur, un Dieu suprême, en formant la nature,
Voulut que rien ne fût stable dans sa structure.
Immuable lui seul, père du mouvement,
Il soumit l'Univers aux lois du changement.
En vain, pour assurer le bonheur de sa vie,
L'homme s'est-il créé des lois, une patrie :
Aux volontés d'un Dieu, peuples et rois soumis,
Ont déchiré leurs lois, se sont fait ennemis.
En vain reposons-nous sur des codes sublimes,
Des révolutions nous sommes les victimes.
L'espace d'un éclair brûle, renverse tout,
L'État le mieux fondé s'éclipse tout-à-coup.
Tarquin, Lucrèce expire, et tu perds la couronne.
Aux lois de ses consuls Rome enfin s'abandonne;
Fait et défait les rois, les traite avec hauteur;
Tremble, change ses lois, se nomme un Dictateur.
Son peuple mutiné, se plaint, veut être libre;
Caïus roule sanglant dans la fange du Tibre;
Et son parti glacé de tant de cruauté,
Ronge le frein, le porte avec tranquillité.
Mais, croyez-vous long-tems, successeurs des Emiles,
Enchaîner à vos lois ces peuples indociles?
Ils ont humé le fiel des révolutions;
Votre sang doit venger celui des nations.
Du carnage entends-tu, Rome, frémir le Timbre?
Qui l'agite? Un Romain, le fier vainqueur du Cimbre,

De ton sang le plus pur abreuve les chemins
Où cent peuples ont vu triompher les Romains.
Mais, ô tableau frappant de l'humaine fortune !
Marius fugitif dans les champs de Minturne !
Est-ce là ce héros ? ce vainqueur irrité ?
Où sont donc ses soldats et son autorité ?
Le malheureux n'a-t-il sauvé de la tempête,
Que de faibles roseaux pour se cacher la tête ?
Sa grandeur fut un rêve ; un jour il a brillé,
Et le moment d'après il était dépouillé.
Son rival plus heureux, Sylla, chargé de crimes,
Aux pieds du Capitole entasse ses victimes.
Criminel sans remords, déposant ses faisceaux,
Sylla s'endort en paix dans la nuit des tombeaux.
Vous régnez, triumvirs ; mais ce nœud trop fragile
Ranime le flambeau de la guerre civile ;
Et votre chute annonce, aux peuples à venir,
Qu'un pouvoir partagé ne peut se maintenir.
César enfin triomphe : au bruit de son épée
Un traître fait tomber la tête de Pompée.
César verse des pleurs sur cet infortuné.
César fut un grand homme, il fut assassiné.
O Brutus ! assassin de ton roi, de ton père !
Auguste a des vertus ; mais regarde Tibère ;
Néron, Caligula, ses lâches successeurs ;
Compare-leur César, et donne lui des pleurs.
Ainsi depuis douze ans, Seigneur, notre patrie
Nourrissait dans ses flancs les feux de l'anarchie ;
Ainsi nos Marius, nos Sylla, plus affreux,
Se sont gorgés du sang d'illustres malheureux.
D'un long triumvirat la coupable indolence,
Des peuples souverains allait rayer la France.

La rayer ! quoi ! ce peuple autrefois si vanté,
Ce peuple , le premier sur le globe habité,
Aurait porté le joug des Russes, des Tartares !
Le pays d'Henri quatre en proie à des barbares !
Non , non : pour le punir d'avoir incendié
Les autels où son nom était sanctifié,
Si Dieu l'abandonna, c'est un père, il pardonne,
L'éclair brille et s'éteint, le firmament détonne.
Un ange fend la nue , et sur un char de feu :
« Je suis, Français, dit-il, l'envoyé de ton Dieu ;
» Tes pertes, tes malheurs, ont lassé sa vengeance :
» Désormais le bonheur régnera sur la France. »
Il a dit : un éclair le dérobe à nos yeux.
En vain mesurons-nous l'immensité des Cieux.
L'anarchie effrayée en vain cherche ses traces ;
Ses regards incertains vaguent dans les espaces ;
Et le monstre, chargé du poids de l'avenir,
S'endort sur les dangers qu'il n'ose prévenir.

. . . .

Non loin des bords du Nil, aux rives de l'Afrique,
Est un désert brûlé par les feux du tropique.
Ces horribles climats jamais au passager
N'ont offert les douceurs d'un fruit bon à manger ;
Les zéphyrs sur ces bords, de leurs douces haleines
Ne rafraîchissent point le cristal des fontaines ;
Et le feu par torrens sous le sable enterré,
Y calcine les pieds de l'Arabe altéré.
Dans son tube enfermé, que de fois le salpêtre
Détonna dans les airs sans l'ordre de son maître.
Sous ces voûtes de feu, que de fois l'Africain
Vit pétiller l'acier dans sa brûlante main ;

D'impétueux coursiers que rien ne désaltère
Expirer de fatigue aux pieds du dromadaire;
Et leurs maîtres en proie à de semblables maux,
Échapper quelques pleurs sur ces fiers animaux.
C'est là que des Français, sous un chef intrépide,
N'osent compter les maux que partage leur guide.
C'est là que des guerriers, ennemis d'Albion,
Dorment paisiblement sur un brûlant sillon.
NAPOLÉON près d'eux, fils aîné de la gloire,
Semble au sein du sommeil étreindre la victoire;
Et ses fidèles amis sur le sable étendus,
Au bruit de leurs soupirs murmurent ses vertus.
Sur ce grouppe sublime un nuage s'arrête;
Du maître des destins aussitôt l'interprète
Souffle à Napoléon l'ordre émané des cieux.
« Jeune héros, dit-il, il faut quitter ces lieux.
Dès long-tems fatigué d'une lutte cruelle,
Sur ses bords à grands cris le Français te rappelle:
Qu'importent les dangers, il faut le retirer
Des gouffres d'un volcan prêt à le dévorer.
Guerrier, législateur, à des hordes mutines
Arrache le brandon des guerres intestines.
Plie au joug du repos ces cœurs ambitieux;
Dans la nuit de l'oubli traîne les factieux;
Du temple de ton dieu relève les portiques;
Entonne le premier ses augustes cantiques;
Menace sur son bord le pirate effréné;
Vainqueur, donne la paix à l'empire étonné:
Tu le peux, tu le dois: au plus noble courage
Tu joins les qualités d'un héros et d'un sage;
Et le ciel, pour garans de tes brillans succès,

Attache à ta fortune et Murat et Desaix.
Sur l'aile des ces noms, si chers à la victoire,
Tu franchiras un jour les bornes de la gloire;
Et l'univers surpris de ta célébrité,
Doutera quelque tems si c'est la vérité.
D'un nom fameux sur-tout méprise le systême :
On craint un conquérant plus souvent qu'on ne l'aime.
Qui crée est un grand homme; anathême aux guerriers
Qui bornent leurs exploits à de sanglans lauriers !
Plus juste et non moins grand que le fier Alexandre,
Préfere un peuple heureux à des villes en cendre ;
Et qu'un jour le ciseau de la postérité,
Burine tes exploits et ton humanité.
Telle est, jeune guerrier, la tâche que t'impose
Un Dieu qui des Français prend aujourd'hui la cause.

. . . .

D'Auguste et de Mécène, ô chantre harmonieux!
Virgile, prète-moi ton luth mélodieux.
Si tes divins accords ont charmé l'Ausonie,
Quel peintre eut plus que moi besoin de ton génie?
Sans guide que mon cœur, puis-je peindre avec feu
Napoléon troublé des ordres de son dieu?
Cependant il hésite; intrépide et modeste,
Il croit avoir rêvé la harangue céleste;
Et son âme tranquille assigne avec candeur
Des bornes à sa gloire, un terme à sa grandeur.
« Serait-il vrai, dit-il, au printems de ma vie,
» Que le Ciel m'eût choisi pour sauver la patrie?
» N'est-il d'autres mortels plus dignes de ce choix?
Du centre des éclairs, « Non! répond une voix :
» J'abandonne à tes soins les rênes d'un empire

» Où je veux désormais que la vertu respire ;
» Et pour rendre au bonheur ces peuples abattus,
» Il suffit, j'ai compté ton zèle et tes vertus. »
A ces mots, le guerrier rassemble ses idées,
Fait serment de remplir ses hautes destinées ;
Et d'un nuage épais obombrant ses travaux,
Se dispose en secret à repasser les eaux.

. . . .

O vous, qui soupirez sur les bords de la Seine
Le retour d'un héros que le Ciel vous ramène;
Citoyens vertueux, la surface des mers
Au vainqueur de Djessar n'offre point de revers.
Vainement d'Albion la flotte combinée
Cherche des ports français à lui fermer l'entrée ;
Le bras qui dans son lit enchaîne l'Océan,
Du héros qu'il protège écarte le forban.
Fréjus! dit Bonaparte ; et la France répète,
Murat, Napoléon! méchans faites retraite.
Ils se sont retirés; oui, Seigneur, et leur rang
Ne s'est point éclipsé sous des fleuves de sang.
Terribles seulement au milieu des batailles,
Vous n'avez point de morts encombré nos murailles.
Pour supplice aux méchans, Bonaparte a laissé
L'image du présent et celle du passé.
Que de biens ont suivi ce retour salutaire!
Le Français ne dort plus sous les feux du tonnerre.
Heureux, il se prosterne aux pieds des Immortels;
Sans craindre un délateur, il étreint leurs autels.
Du tronc sacré des lois des magistrats habiles
Emondent sagement les branches inutiles ;
D'un texte à double sens notre code est purgé;

Le coupable est le seul qui puisse être infligé ;
L'innocent ne craint plus pour sa famille entière;
Son sang ne roule plus sous des flots de poussière.
Heureux dans son ménage, aujourd'hui l'artisan,
Paisible citadin, n'est plus un partisan.
Tous les cœurs dégagés du venin des reptiles,
Brûlent moins, il est vrai, mais sont bien plus tranquilles;
Et du flambeau des arts le Vandale écarté,
N'ose plus obscurcir sa divine clarté.

. . . .

Ces changemens, Seigneur, ce rapide passage
Des gouffres du trépas sur un plus doux rivage,
A qui le devons-nous? si ce n'est au héros
Dont vous avez toujours partagé les travaux.
Jeune encor, si ma muse, à mes vœux plus docile,
Se fût mise au niveau du vieux chantre d'Achille,
Il m'eût été bien doux de chanter ces combats
Où Mustapha vaincu, vit périr ses soldats;
Ces légers mamelucks, cette élite guerrière,
Imiter devant vous ces torrens de poussière
Que le vent dans les airs disperse en un instant ;
De peindre sous vos coups l'Arabe palpitant.
Mais peut-être en grands vers, prince trop bénévole,
Vous aurais-je endormi sur les lauriers d'Arcole?
Ou décrivant les lieux, géographe étourdi,
Aurais-je mis Jaffa sur le pont de Lodi?
Non. Bien d'autres sans moi, le tout dit sans critique,
Feront couler l'Adda sur les sables d'Afrique.
A vous seuls j'en appelle, Alphonse et Desbeuvrins (1).

(1) Alphonse et Desbeuvrins, noms en l'air.

Mais, Seigneur, en parlant de ces grands écrivains,
Si jamais le sommeil fuyait votre paupière,
Si vous aviez besoin d'un puissant somnifère,
Lisez quelques feuillets de ces auteurs fameux,
Je vous réponds alors d'un sommeil bienheureux,
Eussiez-vous au chevet toute l'artillerie,
Que vous avez surprise à l'armée ennemie.
Le trait est un peu fort ! Non : plus que ces auteurs
Personne n'eut mieux l'art d'endormir ses lecteurs.
Si jamais votre nom tombe dessous leurs plumes,
Que de brillans récits; sur-tout que de volumes!
Une simple escarmouche au moins occupera
Cent pages que jamais peut-être on ne lira.
Mais aussi dans leurs vers, sans rompre votre épée.
Vous pourrez d'un seul coup trancher toute une armée;
Et roulant du Thabor aux champs de Maringo,
A pied sec en un jour débarquer sur le Pô.
Mais moi, Seigneur, mais moi que le Pinde réprouve,
J'exprime simplement ce que mon cœur éprouve;
Et d'un faste menteur dédaignant les effets,
Le vrai seul dans mes vers nuance mes portraits.

CAMPAGNE
DE MIL HUIT CENT CINQ.

~~~~~~~~~

Quoi ! du Sud à l'Ouest, la trompette guerrière
Du bruit de nos exploits fait retentir la terre !
Toute l'Europe en feu admirant nos soldats,
Du grand Napoléon célèbre les combats !
Et vous, quand par son bras l'Autriche est asservie,
Quand pour vous seuls, Français, il expose sa vie,
Fait trembler le Danube et ses bords dévastés ;
Tandis que par son art les dangers écartés
Font voler nos guerriers de victoire en victoire ;
Que le Russe vaincu vient augmenter sa gloire,
Et que cet ennemi, fuyant de toutes parts,
Laisse les champs couverts de morts et d'étendards :
Quand enfin sur ses pas, nos vaillantes cohortes,
De la superbe Vienne ont su forcer les portes ;
Que Werlingen, Ulm, Lintz, Lambach, encor sanglans,
Font frissonner d'effroi les peuples allemands :
Vous qui goûtez la paix pour prix de sa vaillance,
Français ! est-ce bien vous qui gardez le silence ?

Accourez l'admirer dans les plaines de Mars:
Voyez-le de sang-froid affronter les hasards,
Exciter ses soldats, ranimer leur courage,
Prévoir tous les dangers, éviter le carnage.
Qu'il est digne, Français, de vous donner des lois !
Oui, Dieu fixa sa place au trône de vos rois.

Qu'on cesse de vanter Thémistocle, Alexandre,
Et les héros vainqueurs des rives du Scamandre :
Non, jamais leur audace et leur rare valeur,
De ses faits glorieux n'ont atteint la hauteur.

O chantre de Mantoue, et toi, divin Homère,
Sortez, à mes accens, des gouffres de la terre !
Accourez célébrer le plus grand des héros.
Vos burins peuvent seuls décrire ses travaux.
Pour chanter notre maître il faut votre génie ;
Venez, chantres divins, au sein de ma patrie,
Et ne rougissez point de consacrer vos vers
Au plus grand des héros qu'ait produit l'Univers.
Hélas ! vous êtes sourds, cruels, à ma prière ;
Le trépas vous défend de revoir la lumière !

O vous, aimables sœurs du divin Apollon,
Charmantes déités, nymphes de l'Hélicon,
Daignez, pour un moment, me prêter votre lyre ;
Inspirez à mes sens votre brûlant délire ;
Que j'apprenne par vous, à tous les potentats,
Des perfides Anglais les lâches attentats :
Que l'Europe frémisse au récit de leurs crimes,
Et d'un commun accord les nomme ses victimes.

Elevé par le peuple au trône des Français,
Napoléon goûtait dans le sein de la paix
Le plaisir d'alléger les maux de sa patrie ;
Le calme remplaçait la guerre et l'anarchie ;
Par ses soins assidus le peuple était heureux :
Déjà, l'on voyait fuir ces tems trop malheureux
Où la proscription immolant l'innocence,
Répandit la terreur et l'effroi dans la France ;

Du vrai Dieu des chrétiens les autels relevés;
Des milliers de proscrits et d'innocens sauvés
De la main des bourreaux créés par la discorde;
Les beaux arts florissant au sein de la concorde;
Les talens honorés, ainsi que la valeur,
Tout enfin annonçait la paix et le bonheur.

L'Anglais seul ennemi qui nous restait à vaincre (1),
Dominateur des mers, ne pouvait se convaincre
Que bravant de Téthys les vagues et les flots,
Les Français oseraient monter sur leurs vaisseaux
Pour porter le ravage au sein de l'Angleterre.
Mais bientôt alarmé des apprêts de la guerre,
Tremblant pour ses foyers en voyant les Français
Prêts à fondre chez lui des rives de Calais,
Le perfide a recours à des moyens infâmes:
L'or qui séduit tout et qui corrompt nos âmes,
Par ses nombreux agens dans l'Europe est semé,
Et déjà contre nous tout le Nord est armé.
Le brave Autrichien, et le Russe indomptable,
Réunissent soudain le concours formidable
Des escadrons poudreux de leurs vastes États.

Peux-tu permettre, ô Ciel! que séduits par l'appât
D'un métal que produit le nouvel hémisphère,
Ceux à qui tu donnas les rênes de la terre,
Abusant à leur gré de ton juste pouvoir,
Bravent impunément tes lois et leur devoir!

(1) Personne n'ignore que la guerre que nous venons de sou-
tenir, n'a été produite que par la politique anglaise, pour éloigner
nos troupes de Boulogne, d'où elles devaient s'embarquer pour
faire la descente.

Barbares, arrêtez! La rage vous anime.
Voyez ces peuples prêts à tomber dans l'abîme.
Qu'ont fait ces malheureux pour servir vos fureurs?
Leur sang qui va couler plaît-il donc à vos cœurs?
Danois, Russe, Allemand, tous autant que nous sommes,
Pour être vos sujets, sommes-nous moins des hommes?
Le Ciel qui vous créa pour nous donner des lois,
Répondez, potentats, vous donna-t-il les droits
De retrancher nos jours, d'abréger nos années?
Entre vos mains, cruels, mit-il nos destinées?
Vous a-t-il dit: Volez ensanglanter les champs!
Pour illustrer vos noms, immolez mes enfans?
Non, Dieu n'inventa point l'art cruel de la guerre.
Il créa les mortels pour cultiver la terre,
Et sa bouche jamais n'ordonna les combats.
Arrêtez! Quoi, cruels, vous ne m'entendez-pas?
De l'airain mugissant j'entends gronder la foudre.
Déjà mille mortels sont rentrés dans la poudre.
Les champs de Wertingen, couverts de combattans (1),
Retentissent des cris des guerriers expirans.
Ah! du moins, puisque rien ne peut calmer leur rage,
Des généreux Français seconde le courage,
De la paix, juste Ciel! punis les infracteurs;
Qu'ils tombent dans ce jour sous nos glaives vengeurs.
Ta bonté daigne donc exaucer ma prière;
Déjà nos ennemis ont mordu la poussière :
Tremblans, épouvantés, ils s'empressent de fuir,
Préférant l'infamie au danger de mourir.

(1) Le combat de Wertingen eut lieu le 16 vendémiaire. Le
prince Murat à la tête de sa cavalerie enveloppe une division co

Lannes, Davoust, Murat, guerriers couverts de gloire;
Poursuivez vos succès, volez à la victoire;
Au milieu des périls, dans les champs de l'honneur,
Secondez à l'envi notre auguste Empereur.
Ulm prétend vainement, en vous fermant ses portes (1),
Arrêter les progrès de vos braves cohortes:
Ses bastions, ses tours, ses fossés, ses remparts,
Ne peuvent un instant effrayer leurs regards.
Memmingen emporté réchauffe leur audace;
Tous d'un commun accord s'élancent sur la place.
Mais avare des jours, du sang de ses soldats,
Napoléon défend l'assaut et les combats:
Pour conquérir ces murs qu'un fleuve fortifie,
Il ne veut employer que l'art et le génie.
Par son ordre, soudain les remparts sont cernés.
A ce funeste aspect, tremblans et consternés,
Nos lâches ennemis, sans oser se défendre,
Avec leurs généraux s'empressent de se rendre.
Armes, drapeaux, soldats, tout tombe entre nos mains.
Mack, en vain maudissant nos propices destins,
Se retire couvert d'opprobre et d'infamie;
Ses remparts, défendus par l'élite ennemie,

sidérable d'infanterie ennemie. Le maréchal Lannes, qui marchait derrière, arrive avec la division Oudinot, et après un combat de deux heures, toute la division est prise. Les colonels Arrighi, Beaumont et Maupetit (qui a passé pour mort) se sont particulièrement distingués.

(2) La journée d'Ulm a été le triomphe des Français. Vingt-sept mille soldats autrichiens, dix-huit généraux, défilèrent devant l'Empereur et mirent bas les armes. Il y eut quarante drapeaux de pris, qui sont maintenant déposés au Sénat.

Reçoivent dans leur sein nos braves défenseurs :
Le nombre des captifs est égal aux vainqueurs.
C'est à toi de chanter, céleste Renommée,
Les faits miraculeux de notre grande armée ;
Tu peux, seule en ce jour, à la postérité,
Apprendre sa valeur, son intrépidité ;
Ferdinand qu'elle vainc vient augmenter sa gloire (1),
La prise de Brauneau suit encor sa victoire.

Arrivés depuis peu des limites du Nord,
Les Russes les premiers abandonnent ce fort :
Ces peuples soudoyés par l'infâme Angleterre,
Accourant au secours d'une cause étrangère,
A qui Pierre-le-Grand, le meilleur de leurs rois,
De la société sut imposer les lois,
N'ont point encor perdu leur antique rudesse ;
Rien n'est sacré pour eux. O comble de bassesse !
Ces monstres que le Nord a vomis par milliers,
De leurs propres alliés ravagent les foyers,
Pillent, brûlent les biens, et massacrent les frères.

Dans leurs lâches fureurs, ces cruels mercenaires,
Dépeuplent les pays qu'ils viennent secourir :
Tant de férocité ne peut se définir.
Le vigilant Murat joint bientôt leurs cohortes,
Les défait à Lamback, et fait ouvrir les portes
De Lintz, dernier rempart qui reste aux Allemands (2).
Leur monarque, au récit de nos faits éclatans,

(1) Dans ces combats mémorables, les maréchaux Davoust, Soult, Lannes, Ney et le prince Murat, firent des prises considérables aux Russes, qui se battirent constamment en retraite.

(2) Lintz est la dernière place forte qui défend l'Autriche et sa capitale. Le Danube y passe. On y trouva des magasins considérables.

Maudissant les auteurs d'une guerre fatale,
Avec toute sa cour quitte sa capitale.
Dispersés, accablés, battus de toutes parts,
Les Russes n'osent plus affronter nos regards.
Lens, Lover, Amstettein, témoins de leurs défaites (1),
Font voler nos guerriers de conquêtes en conquêtes;
Rien ne résiste plus au fer de nos soldats.
Ces ennemis venus des plus lointains climats,
Qui devaient conquérir les rives de la France,
Et soumettre nos fronts à leur obéissance,
Tremblans, épouvantés, ne peuvent que s'enfuir.
    En vain leurs généraux veulent les retenir,
Leur esprit agité d'une crainte secrète,
Leur fait précipiter leur marche et leur retraite.
Plus rapide qu'un aigle, ou qu'un lion fougueux,
Qui poursuit des bergers les troupeaux malheureux,
L'intrépide Murat les presse dans leur fuite,
Les joint et les défait près de Saint-Hippolyte:
Vienne, à cette nouvelle, en proie à la terreur (2),
Ouvre sans résister ses portes au vainqueur.
Qui pourra jamais croire à ces faits mémorables!
Ces mortels redoutés, ces troupes formidables,
Qui battirent cent fois nos plus grands généraux,

(1) Le prince Ferdinand, après la prise d'Ulm, poursuivi par Murat, ne s'échappa qu'en se jetant sur le cheval d'un lieutenant de cavalerie. On trouva son dîner servi, qui l'attendait depuis deux jours.

(2) Le prince Murat s'empare de Vienne, capitale de l'Allemagne. Napoléon y fait son entrée le 23 brumaire, 52 jours après son départ de Paris. On y a trouvé des magasins immenses, et plus de deux cents pièces de canon.

Qui jadis à nos rois causèrent tant de maux ,
Que Turenne et Condé vainquirent avec peine,
N'ont pas même sauvé les murailles de Vienne.
Quelle gloire, Français, vous venez d'acquérir !
Après tant de travaux, que vous devez chérir
L'invincible mortel que vous avez pour maître :
Oui, lui seul dans le monde était digne de l'être !
Conserve-nous ses jours , grand Dieu ! veille sur lui ;
Contre nos ennemis lui seul est notre appui ;
S'il nous était ravi, qui défendrait la France ?
Qui punirait l'Anglais de sa vile arrogance ?
Qui, bravant les périls, conduirait nos soldats
Aux champs de la victoire, au milieu des combats ?
Entends ma voix, ô Ciel ! exauce ma prière,
Aux dépens de mes jours augmente sa carrière !

Et vous, vaillans guerriers qui suivez ce héros,
Compagnons assidus de ces nobles travaux,
C'est à vos bras vainqueurs que le Ciel le confie,
Périssez s'il le faut, mais conservez sa vie.

O champs de Diernstein, tombeau des ennemis (1),
Champs qui fûtes témoins des succès inouis
Du maréchal Mortier et de ses invincibles,
Qui pourra raconter les massacres horribles
Que l'astre du soleil éclaira sur vos bords !
Dieux ! quels ruisseaux de sang, et quels milliers de morts,
De blessés, de mourans, recouvrent cette plage !
Est-il possible, ô Ciel ! que ce soit là l'ouvrage

(1) Le maréchal Mortier, à la tête de quatre mille Français ,
soutint, pendant six heures, un combat opiniâtre contre vingt-
cinq mille Russes.

Des cinq mille soldats de l'illustre Mortier !
Muses , ceignez leurs fronts de chêne et de laurier.
Russes, par ce combat, sachez mieux nous connaître ;
Allez, il en est tems, apprendre à votre maître
Que le nombre ne peut effrayer les Français,
Ni vos bras arrêter le cours de leurs succès.
Héros de Diernstein, quel triomphe pour vous !
Qui pourra désormais résister à vos coups ?
Et toi, brave Mortier, soutien de la patrie,
Toi qui sus résister à l'armée ennemie,
Ton nom à jamais cher à la postérité,
S'élève en ce grand jour à l'immortalité.

N'osant plus éprouver le destin des batailles (1),
En voyant nos guerriers maîtres de ses murailles,
L'empereur d'Allemagne accablé , sans sujets,
Chassé de ses états, fait demander la paix.
Mais à peine il apprend qu'une seconde armée
Vient des bords du Volga, que son âme alarmée
Reprenant son orgueil, retire ses traités.
Nos guerriers généreux ne sont point arrêtés
Par l'immense concours de ces bandes nouvelles :
Bien loin de redouter leurs menaces cruelles,
Prêts à les attaquer, volent au devant d'eux ;
Mars souffle dans leurs cœurs sa furie et ses feux ;
La victoire les suit dans leur noble entreprise;
Des états Moraviens la capitale est prise (2).

(1) L'Empereur d'Allemagne , après la prise de Vienne, envoya
ses ministres pour traiter de la paix, mais dès qu'il apprit que
la seconde armée russe était entrée en Moravie, il retira ses pré-
liminaires.

(2) Murat s'empare de Brünn, capitale de la Moravie.

Irrités, furieux de nos brillans progrès,
Les Russes font serment d'accabler les Français :
Ces barbares mortels, dans leur féroce rage,
Dévouent à l'envi nos têtes au carnage.
Arrivé dans son camp, leur auguste empereur,
Par sa présence encor augmente leur ardeur.
Son allié qui le joint avec les faibles restes
De ses soldats, persiste en ses dessein funestes,
Le presse de venger son opprobre et son nom.
Alexandre croyant vaincre Napoléon (1),
Orgueilleux du concours de ses bandes nombreuses,
Insulte avec mépris nos troupes victorieuses :
Son esprit aveuglé par un espoir trompeur,
Se regardant déjà comme notre vainqueur,
Ose en ses vains discours nous traiter en esclaves.
Alexandre, apprend mieux à connaître des braves
Qui font trembler l'Europe et punissent les rois !
Tes barbares soldats, qu'ils vainquirent cent fois,
N'ont que trop éprouvé leur force et leur courage.
Quoi ! tu donnes déjà le signal du carnage !
Pour les Anglais, le sang va donc couler !
Arrêtez ! c'est eux seuls qu'il faut vous immoler !
Tournez contre leurs corps vos homicides armes;
Punissez ces mortels auteurs de vos alarmes,
Qui versent votre sang au prix de leurs trésors.
Quoi ! pour vous arrêter je fais de vains efforts !

(1) Ce fut dans les plaines d'Austerlitz que l'Empereur de Russie
se flattait d'accabler nos troupes. Jamais combat ne fut plus terrible. Les Russes y perdirent la moitié de leur armée. (*Voyez*
le 30e. *bulletin de la Grande-Armée*).

Et déjà de l'airain j'entends l'affreux tonnerre,
Déjà l'air retentit du signal de la guerre!
De cent bouches de feu s'élance le trépas!
La terreur et la crainte accompagnent ses pas :
D'horribles hurlemens les plaines retentissent ;
Les troupeaux, les bergers, les oiseaux en frémissent,
Et fuient tous tremblans dans le fond des forêts.
O jour! funeste jour! que de pleurs, de regrets,
Dont tu vas devenir la fatale origne!
Ah! quel que soit le sort que le ciel nous destine,
Qui pourrait s'empêcher de répandre des pleurs,
En voyant les apprêts de ces tristes horreurs!
Deux cent mille mortels animés de furie,
Pour l'intérêt d'autrui vont s'arracher la vie.
Anglais, vils infracteurs des traités et des lois,
Vous jouerez-vous toujours des peuples et des rois?
De vos trésors encor serons-nous les victimes ?
Ne rougirez-vous point, perfides, de vos crimes?
Quoi! vous êtes ravis de voir l'Europe en feux,
S'immoler, se détruire et s'accabler... Grands Dieux!
Laisserez-vous long-tems impunis ces vils traîtres,
Qui du commerce entier se prétendent les maîtres?
A nos glaives sanglans délaissez ces pervers !
Monstres, n'en doutez point, vos vaisseaux ni vos mers,
Contre nos bras vainqueurs ne sauront vous défendre:
Oui, le Ciel frémissant daigne enfin nous entendre ;
Sa main nous guidera sur les flots écumans,
Et vengera par nous le sang de ses enfans.
Vous vous flattiez en vain d'éviter votre perte ;
Votre coupable ruse est enfin découverte.
Ces nombreux ennemis, que vos lâches trésors

Nous avaient suscités , tombent sous nos efforts.
Dans les champs d'Austerlitz vous entendez la foudre ;
Venez voir vos alliés mourans , réduits en poudre ;
Malheureux , contemplez leurs cadavres épars ;
Voyez nos généraux , affrontant les hasards,
Avec tous leurs soldats rivaliser de gloire.
Les Russes vainement disputent la victoire ;
Terrassés par Murat, ils ne peuvent tenir :
Leurs frères furieux , voulant les secourir ,
S'avancent aussitôt en colonnes serrées ;
Mais elles sont soudain par Lannes massacrées.
Ils croient par la fuite échapper au trépas ,
Mais la terrible mort s'élance sur leurs pas ;
Sous les coups des vainqueurs sans se défendre ils tombent;
Sans distinction , et chefs et soldats, tous succombent.
Lannes, Davoust, Murat , soutiens de mon pays ,
De vos faits glorieux qu'on vous donne le prix !
Tremblez, lâches Anglais ! ces guerriers magnanimes
Sont prêts à vous punir de vos horribles crimes.
Les vainqueurs d'Austerlitz , sur vos corps palpitans
Vengeront dans vos murs leurs frères expirans :
Le grand Napoléon , dans Londres saccagée,
Vous fera respecter sa puissance outragée :
Vous n'échapperez point à sa rare valeur.
Vos rochers escarpés, la vaste profondeur
Des plaines de Téthys qui défendent vos rives,
Ne pourront arrêter nos cohortes actives.
Vos malheureux alliés, que votre or abusa,
Reconnaissent enfin combien on les trompa :
Alexandre , témoin de la valeur française,
Déteste maintenant la politique anglaise.

Les plaines d'Austerlitz, où gissent ses soldats,
Ses sujets engloutis tout vivans dans les lacs,
Sur ses tristes erreurs ont dessillé sa vue;
De ses fautes, enfin, il connaît l'étendue,
Déjà de son empire il regagne les bords.
L'héritier des Césars, vaincu par nos efforts (1),
Nous demande la paix pour sauver sa couronne.
Napoléon l'accorde, et lui rendant son trône,
Lui prouve que son cœur, aux plus grands des succès,
A la gloire, aux lauriers, sait préférer la paix !

O peuple trop crédule ! en embrasant la terre
Des traits de la discorde et du feu de la guerre,
Tu te flattais en vain d'échapper à nos coups:
Ces escadrons nombreux soulevés contre nous,
Aussi prompts que l'éclair viennent de disparaître.
Alexandre, vaincu par notre auguste maître,
Renonce à votre alliance; et déplorant ses torts,
Il maudit vos agens, auteurs de ses remords.

O rois ! puissent ces champs, couverts de funérailles,
Ces lacs ensanglantés, ces horribles batailles,
Vous faire défier des perfides Anglais !
Pour le bonheur commun, qu'une éternelle paix,
Dans ces jours malheureux à jamais vous unisse;
Que l'horrible Ténare et le Styx engloutisse
Le monarque cruel qui rompra ses traités !

Dans ces murs abattus, dans ces champs dévastés,
Viens, Thémis, ramener le calme et l'abondance !
Viens, exauce nos vœux; ton aimable présence

(1) La bataille d'Austerlitz a mis fin à la guerre, et la paix
qu vient d'être signée, l'a suivie presqu'immédiatement.

Adoucira nos maux et séchera nos pleurs ;
De l'olivier sacré couronne nos vainqueurs.
Sur le front radieux de notre auguste maître
Dépose tes rameaux, embellis-en son sceptre :
C'est à toi de montrer à l'Univers surpris,
Ce héros triomphant de tous ses ennemis,
A qui tous les Français ont donné la couronne,
Et que son seul mérite éleva sur le trône.

FIN.

ERRATA.

Page 13, ligne 3, *au lieu de* feu, *lisez* feux.
Page 14, ligne 10, *au lieu de* patire, *lisez* patrie.
Page 15, ligne 22, *au lieu de* l'appât, *lisez* l'appas.
Page 19, ligne 6, *au lieu de* conquêtes, *lisez* conquête.
Page 22, ligne 8, *au lieu de* dessein, *lisez* desseins.
Page 24, ligne 15, *au lieu et* chefs, *lisez* chefs.
Page 25, ligne 2, *au lieu de* tout, *lisez* tous.

Notice de quelques Livres de fonds qui se trouvent chez M.-J. HENEE, impr.-libr., au bas du Pont St. Michel.

ŒUVRES COMPLÈTES DE ROLLIN, ancien Recteur de l'Université, Professeur d'Éloquence au Collège Royal, et Associé à l'Académie Royale des Inscriptions et Belles Lettres; format in-8° et in-12.

LE TRAITÉ DES ÉTUDES est actuellement en vente : 4 vol. in-8.° de 2400 pages, en cicéro neuf, sur carré fin d'Auvergne : Prix, 24 fr. et en papier vélin : 42 fr.

Le même Ouvrage, 4 vol. in-12, de plus de 2800 pages. Prix, 12 fr. Il faudra ajouter 1 fr. 50 cent. par vol. pour les recevoir francs de port par la poste.

LA COMMISSION chargée par le Gouvernement du choix des livres classiques des Lycées, conseilla, dans son rapport, pour la classe de Belles Lettres, l'immortel TRAITÉ DES ÉTUDES, par *Rollin*; elle ajouta, que M. *Fontanes*, l'un de ses membres, se proposait de donner incessamment une nouvelle édition de cet ouvrage. Cette édition est celle que nous annonçons au public; elle est enrichie de la vie de l'auteur, et de son portrait, gravé par *Delvaux*; accompagnées de notes historiques et critiques, et suivie des tables des matières, par cet écrivain aussi modeste que célèbre, qui ne mérite pas moins, au Parnasse qu'au Corps Législatif, le fauteuil de la Présidence.

ELÉMENTS de Grammaire Françoise, avec un tableau général de la formation des temps simples et composés des verbes; par Messieurs A. Dumouchel fils et Pichon, du Lycée Impérial. Prix, 1 fr. en parchemin.

On s'est attaché à présenter dans ce petit ouvrage, un corps de doctrine conforme aux principes des meilleurs grammairiens, et le plus complet qu'il a été possible, en même temps que le plus simple. Quoique ces éléments soient principalement destinés aux jeunes gens, ils peuvent être également utiles à beaucoup d'autres personnes, et sur-tout aux étrangers : les bases sur lesquels ils reposent étant celles des vrais principes de la grammaire générale, principes qui appartiennent à toutes les langues.

PRÉCIS de l'abrégé chronologique de l'histoire de France du président Hénault, adopté pour les Lycées et les Écoles secondaires, augmenté de plusieurs pièces inédites du même auteur, relatives à cette histoire; d'un choix de beaux traits historiques, recueillis par Millot, pour les Élèves de l'École Royale Militaire, et continué jusqu'au sacré de l'Empereur Napoléon 1.er; par *Séryes*; un vol. in-12 de 400 pages, en petit-romain. Prix, 2 fr. 50 c.

EPITOME DE l'Histoire des Papes, depuis St Pierre jusqu'à nos jours; avec un précis historique de la vie de notre S. Père le Pape Pie VII (GRÉGOIRE BARNABÉ CHIARAMONTE) depuis son élévation au trône pontifical, jusqu'à son arrivée à Paris; orné du buste de Sa Sainteté. Ouvrage élémentaire, à l'usage des jeunes gens; par *Séryes*; censeur du Lycée de Cahors, et revue par M. l'abbé *Sicard*; un vol. in-12. Prix, 1 fr. 80 cent.

EXCERPTA, ou morceaux choisis de Tacite, avec des sommaires et des notes en français, précédés d'une notice sur cet historien : un vol. in-12 Prix, 1 fr 25 cent. Ouvrage prescrit et adopté par la Commission d'Instruction publique, pour les Lycées et les Ecoles secondaires.

VIE de JULIUS AGRICOLA. Traduction nouvelle avec le texte en regard. Petit in-12, sur papier fin. Prix, 1 fr. 50 cent.

LES RÉVOLUTIONS de Portugal par Vertot; suivie de la Conjuration contre Venise, par Saint-Réal : adoptées par le Gouvernement, pour la deuxième classe des Lycées et des Ecoles secondaires. Nouvelle édition, publiée d'après les éditions les plus correctes, par un Professeur. Un vol. in-12. Prix, 1 fr. 75 cent. broché; et 2 fr. cartonné.

PRÉCIS HISTORIQUE de la Campagne de Napoléon-le-Grand, en Allemagne et en Italie, jusqu'à la paix de Presbourg; avec un exposé des principaux faits qui l'ont suivie. Par ***. Revu quant à la partie militaire, par un officier de la Grande armée. Dédié à S. A. S. Mgr. le Prince Achille MURAT. Un fort vol. in-12. Prix 2 fr. 25 cent.

LES FRIPONNERIES DE LONDRES mises au jour, ou publication des artifices, tours d'adresse, ruses et scélératesses employées journellement dans cette grande ville et autres; suivies de remarques curieuses, d'anecdotes piquantes et intéressantes sur Londres et ses habitans : ouvrage utile aux jeunes personnes des deux sexes, et aux étrangers, leur indiquant les moyens de se garantir des pièges et fraudes des filous et escrocs dont cette capitale abonde. Trad. de l'anglais par N.-E. Pissot. Prix, 1 fr. 25 centimes.

CAMPAGNE de mil huit cent cinq, contenant les faits mémorables de la prise de Vienne et de la bataille d'Austerlitz. Poème dédié à S. A. S. Mgr. le Prince MURAT. Par A. Dauphin (de Niort.) Brochure in-8. de 32 pag. Prix, 75 cent.

HOMMAGE à la religion et à la gloire; orné du portrait de Sa Sainteté Pie VII. Prix, 75 cent.

ANALYSE des Novelles de l'Empereur Justinien, conférées avec l'ancien Droit Français et le Code NAPOLÉON; dédiée à son altesse sérénissime monseigneur l'Archichancelier de l'Empire, par M. A. Coffinieres; Un vol. in-12. de près de 500 pages. Prix, 3 fr. et 4 fr. franc de port.

DÉCISIONS du Tribunal de Cassation, contenues au Bulletin des jugemens de ce Tribunal, années 7, 8, 9 et 10, matières civiles rangées par ordre alphabétique; suivies d'une Table chronologique des lois qui ont motivé ces décisions. Par M. Levasseur, ancien Avocat. Prix 1 fr. 25 cent.

TABLE alphabétique du Bulletin des Arrêts de la Cour de Cassation, depuis son origine en l'an 7. Matière civile. Seconde partie. Années 11 et 12. On y a joint, comme dans la première partie, une Table chronologique des lois qui ont motivé ces décisions. par M. Levasseur, ancien Avocat. Prix, 75 cent.

ARISTIPPE et quelques-uns de ses contemporains, par Wieland, traduit par H Coiffier; deuxième édition française; 7 vol. in-12. ornés de 5 portaits gravés par F. Huot; Prix, 12 fr.

LE PÈRE EMMANUEL, ou l'ascendant de la vertu; par l'auteur des Epreuves de l'Amour et de la Vertu, 2 vol. in-18. Prix, 2 fr.
VICTOR DE MARTIGUES, ou suite de la Rentière; par le même auteur 4 vol. in-12. Prix, 6 fr.

www.ingramcontent.com/pod-product-compliance
Lightning Source LLC
Chambersburg PA
CBHW061622180626
46818CB00005B/2197